Un vistazo a las arañas

Las arañas de jardín

por Kristine Spanier

Bullfrog Books

Ideas para los padres y maestros

Bullfrog Books permite que los niños practiquen la lectura de textos informativos desde un nivel principiante. Las repeticiones, palabras conocidas y descripciones en las imágenes ayudan a los lectores principiantes.

Antes de leer

- Hablen acerca de las fotografías. ¿Qué representan para ellos?
- Consulten juntos el glosario con fotografías. Lean las palabras y hablen acerca de ellas.

Durante la lectura

- Hojeen el libro y observen las fotografías. Deje que el niño haga preguntas. Muéstrele las descripciones en las imágenes.
- Léale el libro al niño o deje que él o ella lo lea independientemente.

Después de leer

- Anime al estudiante a que piense más. Pregúntele: ¿Has visto la telaraña de una araña de jardín? ¿Qué más quisieras saber sobre las arañas de jardín?

Bullfrog Books are published by Jump!
5357 Penn Avenue South
Minneapolis, MN 55419
www.jumplibrary.com

Library of Congress Cataloging-in-Publication Data is available at www.loc.gov or upon request from the publisher.

ISBN: 978-1-64128-054-9 (hardcover)
ISBN: 978-1-64128-055-6 (ebook)

Editor: Jenna Trnka
Book Designer: Molly Ballanger
Translator: Annette Granat

Photo Credits: Musat/iStock, cover; Meister Photos/Shutterstock, 1; Schroptschop/iStock, 3; JillLang/iStock, 4, 23bl; redtbird02/Shutterstock, 5; NHPA/Photoshot, 6–7, 23ml; BLANCHOT Philippe/hemis.fr/Getty, 8, 23br; Sari Oneal/Shutterstock, 9; CathyKeifer/iStock, 10–11, 20–21; Brian Gordon Green/National Geographic/Getty, 12–13, 23mr; Maria de Bruyn/Shutterstock, 14–15; Rocket Photos/Shutterstock, 16–17; Eric Isselee/Shutterstock 18, 22, 23tr; Darkworx/Dreamstime, 19, 23tl; Osote/iStock, 24.

Printed in the United States of America at Corporate Graphics in North Mankato, Minnesota.

Tabla de contenido

Una buena captura

¡Teje que teje!

Una araña de jardín teje una telaraña.

Empieza en el centro.

Se mueve hacia afuera.

La telaraña es grande.
Es redonda.

Las arañas de jardín tienen garras.

Les ayudan a tejer la telaraña.

garra

¡Mira!

Esta telaraña tiene zigzags.

¿Por qué?

Para que los pájaros no vuelen a ella.

Hay un insecto
en la telaraña.

¡Qué buena captura!

Las arañas de jardín tienen una sustancia tóxica.

Ésta mata a la presa.

¡Es hora de comer!

¿Dónde viven las arañas de jardín?

En áreas soleadas.

Son de color amarillo y negro.

Sus patas son de color anaranjado y negro.

Los huevos eclosionan en el otoño.

Se quedan en el saco de huevo todo el invierno.

Las arañitas se van en la primavera.

Ellas tejen sus propias telarañas.

Capturan a su propia presa.

¡Bien hecho!

¿En qué parte del mundo?

Hay muchos tipos de arañas de jardín. Se encuentran en todo el mundo, en áreas de clima cálido. Prefieren vivir alrededor de las plantas, las flores y del sol.

donde viven las arañas de jardín

N
O E
S

Glosario con fotografías

eclosionar
Cuando el huevo se rompe y nace el animal.

garras
Estructuras puntiagudas con forma de gancho que están en las patas de una araña.

presa
Un animal que es cazado por otro animal en busca de comida.

saco de huevo
Una bolsa protectora en donde la araña hembra pone sus huevos.

sustancia tóxica
Un veneno que las arañas le inyectan a su presa para matarla.

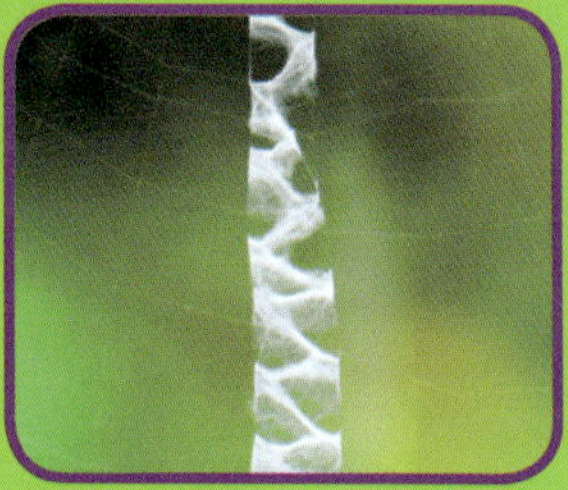

zigzags
Líneas que se mueven de lado a lado formando ángulos que entran y salen.

Índice

Para aprender más

Aprender más es tan fácil como 1, 2, 3.

1) Visite www.factsurfer.com

2) Escriba "lasarañasdejardín" en el espacio de búsqueda.

3) Haga clic donde dice "Surf" para obtener una lista de sitios web.

Con factsurfer.com, más información está a solo un clic de distancia.